Entengrütze

Philosophie mit Enten

Bibliografische Information der Deutschen Nationalbibliothek: Die Deutsche Nationalbibliothek verzeichnet diese Publikation in der Deutschen Nationalbibliografie; detaillierte bibliografische Daten sind im Internet über www.dnb.de abrufbar.

Herstellung und Verlag:
BoD – Books on Demand, Norderstedt

ISBN 978-3-7347-7422-5

Entengrütze
Philosophie mit Enten

Ein Buch von Steffi Atze (Fotos) und Birgitte Tüpker (Text)

Beflügeltes Wachstum

Ich werde echt immer größer.
Jeden Tag.
Es ist erschreckend.

Aber das Tollste:
Ich habe jetzt Flügel!
Richtige, echte Flügel!
Auf jeder Seite einen.

Das muss ich sofort
dem Schwarzen erzählen.

(Der hat nämlich keine.)

Der Schwarze ist ein Arschloch

"Duhuuu, Schwarzer", schnattere ich aufgeregt, "guck, was ich hier habe!" Stolz schwinge ich meine neuen Flügel ganz dicht vor seinem Schnabel hin und her. Es kommt richtig ein bisschen Wind auf.

Der Schwarze guckt unbeteiligt. "Was soll das sein?", brummelt er. "Ich habe jetzt Flüüügel!", rufe ich begeistert und flattere wie wild hin und her. "Siehst du das denn nicht? Bald fliege ich dir um deine komische Nase herum."

"Flügel? Was? Wo?", knurrt der Dicke. "Diese kleinen Stummel da, das sollen Flügel sein? Da muss der Chef noch sehr oft meinen Napf voll machen, bis das richtige Flügel sind."

Er schlurft zu seinem Korb. "Flügel. Dass ich nicht lache", brummelt er vor sich hin. "Stummelchen. Völlig unbrauchbar. Chicken Wings bestenfalls, das wäre wenigstens lecker."

Mit einem verächtlichen Seufzer rollt er sich zusammen und schnarcht los. Arschloch, der! Ich strecke meine Flügel aus und betrachte sie noch einmal ganz genau. Der wird sich noch wundern!

Die Krone der Schöpfung

Draußen ist ein herrlicher Tag. Es hat geregnet und alles ist voller Schnecken. Der Schwarze verpasst das alles. Er liegt wieder faul rum und schläft. Jetzt wacht er auf. "Du, Schwarzer, glaubst du eigentlich an Gott?", frage ich schnell.

Er gähnt ausgiebig, bevor er sich zu einer Antwort herablässt. "Klar, der Chef ist Gott, der Chef kann die Dose aufmachen. Wer die Dose aufmachen kann, IST Gott."

Ich bin empört: "Gott kann doch keine Dose aufmachen. Gott kann viel mehr! Gott lässt es regnen, damit es Teiche gibt. Gott macht Entengrütze. Und Schnecken!"

Der Schwarze denkt nach. "Vielleicht dein Gott. Meiner macht die Dose auf." Der ist so dumm! "Gott geht es nicht nur ums Essen. Gott hat dich erfunden. Und mich hier oben, die Krone der Schöpfung. Deshalb ist mein Gott der richtige Gott."

Er schnaubt. "Ich könnte dich fressen oder wenigstens totbeißen, dann ist es aus mit der Krone der Schöpfung."

Er lacht. Und dann schüttelt er sich.

"Schwarzer, wir möchten mit dir über deine Ernährung reden. Wir haben nämlich gehört, du isst Fleisch!", sage ich. "Fleisch, das ist totes Tier!" "Unsinn", brummelt der Schwarze, "mein Fressen kommt aus der Dose."

"Das war mal eine Kuh, ein Huhn, ein Schwein", erkläre ich geduldig, "dann wurde es tot gemacht und in die Dose gematscht." "Völliger Blödsinn", lacht der Schwarze, "in die Dose passt überhaupt kein Schwein rein. Schon gar keine Kuh. Außerdem esst IHR lebende Tiere, nämlich Schnecken! Ihr Schneckenmörder!"

Jetzt müssen wir aber echt lachen. "Schnecken sind doch keine richtigen Tiere, Schwarzer, das sind Blumen. Eigentlich." Der Schwarze hat die Augen schon wieder halb geschlossen.

"Du, Schwarzer", lenke ich geschickt vom Schneckenthema ab, "würdest du eigentlich auch ... ENTEN ESSEN?" "Enten essen? Bah!", brummt er. "Wenn ihr so schmeckt wie ihr aussieht - nee danke, verzichte!" Wir atmen erleichtert auf.

"Es sei denn", brummt er plötzlich schon ganz verschlafen, "ihr passt in eine Dose." Er gähnt. Der stinkt vielleicht aus dem Maul! "Guck mal", sage ich, "der ist eingeschlafen. Lass uns Schnecken fressen." Wir gehen. Sehr leise.

Lesen

Er macht kleine, lustige Kringel auf ein weißes Blatt Papier. Dann guckt er schlau und sagt etwas. Er sagt, er kann die Kringel lesen. Ich wette, er gibt nur an.

Ich kann auch solche Kringel machen. Hinten raus. Ich gucke mir die an und schnattere irgendwas. Dann mache ich ein wichtiges Gesicht und sage: "Hallo, ich lese!" Kann ja jeder. Total einfach. Lesen.

Beef-Boy

"Komm her, Schwarzer, mach mit, feel the beat!"
Er kommt ganz nah ran mit der Schnauze.
Er schnuppert ... an mir.
Er brummt: "Beef? Da ist kein Beef. Das ist Ente."
Der kapiert nix.

Engelenten

"Wie ein Engel, guck mal", sage ich und werfe bewundernde Blicke zu Sylvester, der gerade seine riesigen Flügel ausbreitet.

"Engel?", sie legt den Kopf schief, "Was ist das, Engel?" "Wenn man tot ist, dann wird man ein Engel, ganz weiß und mit Flügeln und lebt im Himmel", sage ich. "Hat mir die Kleine erzählt."

Wir starren Sylvester an. Er flattert und spreizt seine Flügel. Angeber. "Meinst du, unsere Flügel werden auch so groß?", fragt sie. "Klar! Und dann fliegen wir immer höher und höher und dann sind wir im Himmel. Aber erst sterben wir", verspreche ich.

"Und der Schwarze?", fällt ihr auf einmal ein, "Wird der auch ein Engel? Mit weißen Flügeln? Der?"

Gleich rennen wir los, um den Schwarzen persönlich zu fragen.

Reinkarnation

Der Schwarze wackelt vor Lachen. "Wer hat euch denn das Märchen erzählt? Wenn man tot ist, kommen ganz viele Fliegen und Ameisen und man wird ganz matschig und duftet unwiderstehlich. Dann wird man aufgefressen. Das war's." Wir reißen entsetzt die Augen auf. "Niemals!", piepse ich. "Du lügst doch!"

"Komm mit", sagt der Schwarze, "hinten im Feld liegt noch ein Rest Hase, hab' ich mich gestern erst drin gewälzt. Das ist der Beweis. Flügel hat der jedenfalls nicht. Hohoho." Er leckt sich genüsslich über die Schnauze und schmatzt zufrieden.

Wir wollen den Beweishasen nicht sehen. Wir gehen.

"Glaubst du das?", frage ich sie. "Quatsch", schnattert sie. "Der Schwarze erzählt doch immer so gruselige Geschichten." Aber ein bisschen zittrig ist ihre Stimme schon. "Vielleicht werden nur Enten wiedergeboren", überlege ich.

"Vielleicht werden nicht alle Engel", überlegt sie. "Schnecken, zum Beispiel. Wenn ich eine Schnecke fresse, kommt hinten ein kleines Häufchen raus. Das ist die Schnecke. Wiedergeboren. Als Häufchen." "Nee, meine Liebe, das ist nur Verdauung", stelle ich richtig, "keine Wiedergeburt."

Gibt es ein Leben nach dem Tod?

Es ist ein schöner, sonniger Tag, als mir die Antwort auf diese Frage vor die Flossen rollt. "Ente", steht hinten drauf. Und es sieht auch ein bisschen so aus.

Ich stupse das Ding mit dem Schnabel. Es rollt ein Stück und quietscht leise. "Hallo?", flüstere ich. "Bist du da drin?" Keine Antwort. Ich weine fast.

So schnell ich kann, laufe ich in den Garten und erzähle ihr von der Blechkiste, die ich auf der Straße gesehen habe und die sich Ente nennt.

"Nur Blech und Gummi", beschreibe ich ihr das Entending, "keine Flügel, nix Flauschiges, alles irgendwie ... tot. Aber es quietscht."

Sie guckt erschrocken. Sie überlegt. Sie atmet tief ein. "Komm, wir lassen das mit dem Totsterben", sagt sie schließlich, "wir leben einfach weiter, das ist sicherer."

Draußen glitzert die Welt. Die Sonne scheint und der Salat ist gewachsen. Engel hin oder her, Leben ist einfach besser als tot sein.

Entenschuldigung

Die Welt ist so groß.
Ich bin so entsetzlich klein.
Alle sind weg. Ich bin ganz allein.
Es wird etwas Fürchterliches passieren.
Ich habe Angst.
Ich werde geschlachtet.
Im Wald ausgesetzt.
Vom Fuchs gefressen.
Ich wollte das nicht.
Ich wurde verführt.
Ich hatte Hunger, ganz schlimm.
Es hat so wahnsinnig gut geschmeckt.
Ich konnte nicht mehr aufhören.
Es war so wundervoll grün.
Es hat so gut geduftet.
Und jetzt ist alles weg.
Der ganze Salat.

Sie kommt.
Sie ruft: "Essen ist fertig!"
Gleich bin ich tot.
Auf Wiedersehen.
Es tut mir leid!

Zumba

Laute, lustige Musik hat mich ins Wohnzimmer gelockt. "Was machst du da?", frage ich und weiß sofort, dass ich das auch machen will.

"Ich mache Zumba!", sagt sie. "Das ist der neueste Fitnesstrend aus Amerika. Davon wird man schlank!" Ich mache mit: Füße hoch, Füße runter, Popo wackeln, alles von vorne. Anstrengend.

"Genug!", keuche ich. "Nein, weiter, man muss das lange machen, um schlank und schön zu werden", hechelt sie. "Los, weiter! Streng dich an!" Ist DAS blöd! "Ich will überhaupt nicht schlank werden", sage ich nach Luft schnappend. "Ich will den Bauch ganz dick voller Schnecken haben. DAS ist schön!"

"Du bist so dumm!", japst sie. "Dick ist nicht schön. Der Schwarze ist dick. Ist der etwa schön?" Ich überlege. Naja. "Schön vielleicht nicht", sage ich, "aber gemütlich. UND zufrieden. Weil er nämlich satt ist."

Endlich hört die Musik auf. Puh, keuch, japs. "Du hast Recht," sagt sie. "Von Zumba kriegt man Hunger. Von Hunger bekommt man schlechte Laune. Ich will auch lieber dick sein. Komm, wir gehen Schnecken suchen."

"Ja", juchze ich, "und dann machen wir Ententanz! Mit ganz dickem Bauch!"

Echte Freunde

Ein Freund,
ein guter Freund,
das ist das Beste,
was es gibt
auf der Welt.

(Außer Schnecken.)

R. I. P. Mama

"Mama, ich will ein Eis", hat sie gesagt und etwas Köstliches bekommen, etwas, das nach Erdbeeren schmeckt und kälter ist als der kälteste Schneckenschleim. Mmmh, ich will das auch. Und ich will auch eine Mama. "Habe ich auch eine Mama?", frage ich.

"Nö", sagt die Kleine, "du bist aus einem Ei geschlüpft."
"Du etwa nicht?", frage ich fassungslos. "Woraus bist du denn geschlüpft?" "Ich bin in Mamas Bauch gewachsen und dann aus ihr rausgeschlüpft", behauptet sie. Ich picke unauffällig in das kalte Göttliche in ihrer Schüssel.

"Aber das Ei war in meiner Mama", fällt mir plötzlich ein und eine vage Erinnerung macht sich Platz in meinem Kopf. "Ich habe wohl eine Mama!" Sehnsucht piekst in meinem Bauch und fühlt sich an wie sehr schlimmer Hunger.

"Ja, aber die ist längst geschlachtet und aufgegessen", sagt die Kleine, "und wir haben dich gerettet, sonst wärst du jetzt geschreddertes Hackefleisch." Sie lacht vergnügt. Ich werde schlagartig total traurig. Tieftraurig. Abgrundtief traurig.

"Ich bin jetzt nämlich deine Mama", sagt die Kleine auf einmal und hält mir einen großen Löffel von dem eiskalten Zeug vor den Schnabel, "willst du das?" Schmatz, ich will. Ist das lecker! Ich bin adoptiert. Ich habe jetzt eine Mama. Und Erdbeereis!

Das Leben ist schön!

Reich

"Sind wir eigentlich reich?", frage ich in die Runde, denn ich habe neulich gehört, dass reich gut ist.

Sie fragt: "Was ist reich?" "Wer reich ist, hat viel, wer arm ist, hat wenig. Oder gar nichts", sinniere ich vor mich hin. "Dann sind wir reich!", sagt sie und erklärt: "Wir haben viel! Viel von allem! Entengrütze ohne Ende. Viel Wasser. Und sehr viele Schnecken."

"Ja, wir sind reich." Jetzt weiß ich es auch. "Reich ist, wer den Bauch voll hat und Wasser unter den Füßen. Und keine Angst vor dem Fuchs!"

"Aber der Schwarze", fällt mir auf einmal ein, "der ist voll arm. Nur EINE Dose am Tag und sonst nix." Ich muss fast weinen vor Mitleid.

"Wir sagen dem nicht, dass wir reich sind", sage ich, "sonst heult der."

"Abgemacht", sagt sie und nickt verständnisvoll.

Sturzflug

Ich will endlich fliegen!
Ich will es jetzt einfach. Sofort!

Der kleine Chef hat so ein Ding.
Das kann fliegen.
Man drückt auf einen roten Knopf und dann ...

Oh, ich fliege schon!
Das geht ja einfach.
Du stehst übrigens im Weg!

Wie lenkt man?
Bremse? Was bedeutet das?

Zieh den Kopf ein, ich komme!
Ich fliege!
Ich ...

(Knirschgeräusch)

Das Ziel ist im Weg

Der Weg ist das Ziel.
Sagen die immer.
Ich verstehe das nicht.
Ich will irgendwohin. Ans Ziel.
Der Weg ist nur der Weg. Nicht das Ziel.
Ich wollte fliegen. Das war das Ziel.
Der Weg dahin ist lang und schwer.
Aber das Ziel ist das Fliegen.
Ich kann es immer noch nicht.

Auf dem Weg habe ich viele Schnecken gefunden.
Im Flug hätte ich die überhaupt nicht gesehen.
Stellt euch das mal vor! Drama!
Der Weg ist vielleicht nicht das Ziel,
aber oft eine sehr gute Alternative.

Manchmal ist das Ziel auch einfach nur im Weg.
Zum Beispiel, wenn es darum geht, satt zu werden.
Man muss Prioritäten setzen.

Fliegen wird sowieso überbewertet.
Und jetzt mal eine Frage:
Haste Brot dabei?

Am Ende ist alles gut

Stimmt!

Für die Bilder in diesem Buch wurden keine Tiere verletzt oder misshandelt. Die drei Enten leben jetzt friedlich auf mehreren Hektar wildem Naturgelände. Und warum es jetzt nur noch zwei sind, das weiß der Geier. (Oder der Fuchs.)

Mehr Info über die Fotografin Steffi Atze: **www.steffi-atze.de**
Mehr Info über die Texterin Birgitte Tüpker: **www.textpluswebdesign.de**